有时，一个展览或一项活动往往会拥有一个极响亮的标题和够深刻的主题，殊不知它的原始动机却很可能相当单一，"2001中国艺术家招贴展"便是其中一例。其实，这个创意源自于几位艺术家间的随意闲聊，后又经过一个短周期的发酵，最终发展到由52位当今中国优秀的前卫艺术家从中国不同的城市与地区走到一起，围绕"2001"这个主题进行他们并不熟悉的招贴设计。在这个艺术行为中，艺术家们对这种"错位"现象颇感兴趣。如此"错位"，在西方艺术界可谓司空见惯，例如在劳特累克、马蒂斯、毕加索等诸多艺术家笔下都生成过许多著名的招贴作品。在中国的文革时期，画家们的"职业"就是画宣传画，由此所产生的宣传力与影响力，令同代人难以忘怀。而对于今天大多数的新锐艺术家们而言，此番"客串"的经历，仍不失为一件新鲜事物。因此，如何将自己的原创艺术元素运用于招贴设计中，从新的角度诠释自己的艺术理念，则成为此次招贴设计的焦点。我们将跟随这些在"似与不似"之间的艺术招贴作品，去充分领略艺术家们鲜明独特的艺术个性，体验他们对这一主题的深刻理解。但愿大家从中能够获得一份清新、一些启示、一种力量和更深层的思考。

谭　平
（中央美术学院教授）

目 录

中国当代艺术家招贴作品集

Poster Collection of Chinese Contemporary Artists

丁 乙

1962 年　　生 于 上 海 。
1983 年　　毕 业 于 上 海 市 工 艺 美 术 学 院 。
1990 年　　毕 业 于 上 海 大 学 美 术 学 院 。
现 在 上 海 工 艺 美 术 学 院 执 教 。

主 要 展 览 ：
1993 年　　"第 45 届 威 尼 斯 双 年 展"，意 大 利 威 尼 斯 。
1996 年　　"15——红 色"，上 海 香 格 纳 画 廊 ；
　　　　　　"中 国 ！"，德 国 波 恩 现 代 艺 术 博 物 馆 。
1997 年　　"1997 丁 乙 作 品 展"，上 海 美 术 馆 。
1998 年　　"十 示 '89—'98 丁 乙 作 品 展"，北 京 国 际
　　　　　　艺 苑 美 术 馆 。
2000 年　　"丁 乙 ——成 品 布 上 荧 光"，北 京 中 国 现 代
　　　　　　艺 术 文 件 仓 库 。

The four sides of the cross
point each in a definite direction as if
they want to chase the infinite

十字中的每一条边
都指向一个特定的方向 又似乎都在追逐邻边

于 凡

1966 年　　生于山东省青岛市。
1988 年　　毕业于山东艺术学院美术系，获学士学位。
1992 年　　毕业于中央美术学院雕塑系，获硕士学位。
现为中央美术学院雕塑系副教授。

主要展览：
1999 年　　"46——中国现代艺术"，
　　　　　　上海、澳大利亚墨尔本、台北；
　　　　　　"过渡——20世纪末中国实验艺术"，
　　　　　　美国芝加哥大学 SMART 美术馆；
　　　　　　"中国艺术大展·雕塑展"，北京中国
　　　　　　美术馆；
　　　　　　"第八届全国美展"，北京中国美术馆。
2000 年　　"与摩尔对话——中国当代雕塑邀请展"，
　　　　　　广州广东美术馆；
　　　　　　"中国雕塑邀请展"，上海美术馆。
2001 年　　"中国现代水墨画和雕塑展"，
　　　　　　奥地利、丹麦、英国。

怎样向你的童年解释未来
HOW TO INTERPRET THE FUTURE TO YOUR CHILDHOOD
2001 于凡

马 路

笔名马夫，男，回族。

1958年　生于北京。

1978年　考入中央美术学院油画系。

1981年　中央美术学院油画系毕业，获学士学位。

1982年　获 DAAD奖学金考入联邦德国汉堡造型艺术学院自由艺术系，获学士学位。

现在中央美术学院壁画系任教。

主要展览：

1988年　"首届油画人体艺术大展"；

　　　　"中国现代油画展"，日本。

1989年　"中国现代艺术大展"。

1990年　"中央美术学院油画、雕塑展"，新加坡。

1991年　"中国当代油画展"，香港。

1992年　"20世纪·中国美术作品展"。

王广义

1957 年　　生于哈尔滨市。
1984 年　　毕业于浙江美术学院油画系。
现居北京。职业艺术家。

主要展览：
1993 年　　"王广义个展"，法国巴黎白拉芙画廊；
　　　　　　"第 45 届威尼斯双年展"，意大利威尼斯。
1994 年　　"王广义个展"，香港汉雅轩画廊。
1995 年　　"从国家意识形态出走"，德国汉堡。
1997 年　　"王广义个展"，瑞士巴塞尔；
　　　　　　"中国！"，奥地利维也纳美术馆；
　　　　　　"数字与神话 —— 20 世纪艺术回顾展"，
　　　　　　德国斯图加特国家美术馆。
1999 年　　"蜕变突破 —— 中国新艺术"，美国旧金山。
2000 年　　"20 世纪中国油画展"，北京中国美术馆。
2001 年　　"王广义个展"、"信仰的面孔"，新加坡。

信仰的面孔

王玉平

1962年　　生于北京。
1989年　　毕业于中央美术学院油画系。
1996年　　赴美国工作三个月并举办个人画展。
现在中央美术学院油画系第四工作室任教。

主要展览：
1993年　　"王玉平作品展"，北京中国美术馆。
1994年　　"中国美术批评家提名展"，北京中国美术馆；
　　　　　"第二届中国油画展"，北京。
1995年　　"第三届中国油画展"，北京。
1997年　　"第47届威尼斯双年展"，意大利威尼斯。
1998年　　"中国绘画50年"，日本东京。
1999年　　"中国当代艺术展"，美国旧金山。
2000年　　"世纪之门：1979—1999中国艺术邀请展"，成都；
　　　　　"上海双年展"，上海。
2001年　　"火红·红火"，北京。

王华祥

1962年　　生于贵州。
1981年　　毕业于贵州省艺术学校。
1988年　　毕业于中央美术学院。
现为中央美院版画系讲师。

主要展览：
1991年　　"近距离——王华祥艺术展"，北京中央美院画廊。
1992年　　"西班牙国际版画展"。
1993年　　"后'89中国新艺术展"，
　　　　　英国伦敦 Narborough 美术馆、香港。
1996年　　"在虚无与现实之间"，香港 Schoeni 画廊。
1998年　　"中国当代美术 20 年启示录"，美国纽约；
　　　　　"中国字在艺术家眼中"，美国旧金山；
　　　　　"四方工作室版画展"，北京国际艺苑。
1999年　　"巴塞尔世界艺术博览会"，瑞士；
　　　　　"威登纳基金会艺术邀请展"，德国；
　　　　　"不存在的真实"，香港 Schoeni 画廊。
2000年　　"世纪之门·批评家提名展"，成都；
　　　　　"油画、版画、行为"，北京红门画廊。

王 晋

1962 年　　生于大同市。籍贯辽宁省。
1987 年　　毕业于中国美术学院中国画系人物画专业。
　　　　　曾任教于北京服装学院。
现生活工作于北京。独立艺术家。

主要展览：
1994 年　　"红？北京 —— 九龙"，北京、京九铁路。
1995 年　　"爆炒人民币"，北京西城区新建饭馆；
　　　　　"炒地皮"，北京王府井大街东安门夜市 79 号摊位。
1996 年　　"冰？'96 中原"，河南郑州市二七广场；
　　　　　"慕尼黑中国艺术节"，德国慕尼黑，
　　　　　参展作品《欲望之手》、《生育纪》。
1998 年　　"开放水墨"，北京中国美术馆；
　　　　　"Inside Out：中国新艺术展"。
1999 年　　"第 48 届威尼斯双年展"，意大利威尼斯，
　　　　　参展作品《娶头骡子》、《抗洪 —— 红旗渠》、
　　　　　《中国之梦》；
　　　　　"巴塞尔艺术博览会"，瑞士。
2000 年　　"汉诺威 2000 世界博览会 —— 基本生存主题展"，
　　　　　参展作品《：'我的骨'》，德国汉诺威。
2001 年　　"：'我的牙'"，山东。

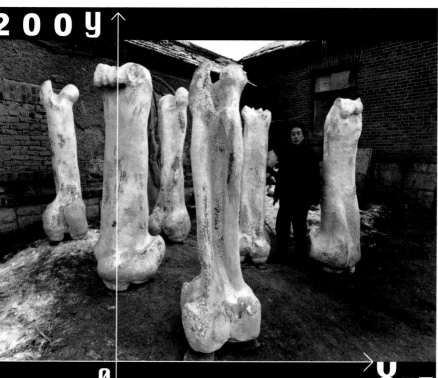

200Y

0

WANG JIN 王晋

王鲁炎

1956年　　生于北京。

主要展览：
1990年　　"新刻度小组（解析）作品展"，
　　　　　北京"新刻度小组"工作室；
　　　　　"欧洲外围展（K18）"，德国卡塞尔。
1996年　　"第二届亚太地区三年度展"，
　　　　　澳大利亚昆士兰现代艺术博物馆。
1997年　　"进与出"，新加坡拉塞尔艺术学院美术馆；
　　　　　"开放的本体"，美国纽约亚洲协会 P.S.1。
2000年　　"世纪之门：1979—1999中国艺术邀请展"，
　　　　　成都现代艺术馆；
　　　　　"进与出——中澳华人当代艺术交流展"，
　　　　　深圳何香凝美术馆、澳大利亚驻北京大使馆；
　　　　　"后物质"，北京红门画廊。

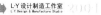

你想去你不想去的地方吗？
DO YOU WANT TO GO WHERE YOU DON NOT WANT TO GO?

你想去与你想去的地方相反的地方吗？
DO YOU WANT TO GO THE OPPOSITE WAY TO THE WAY YOU WANT TO GO?

L · Y 型自行车独有的向前骑时向后走的机械功能可以使你梦想成真！
THE ONE AND ONLY "L · Y BICYCLE" FEATURING THE UNIQUE 'GOING BACKWARDS WHILE GOING FORWARDS' MECHANISM CAN MAKE THIS DREAM COME TRUE

方力钧

1963 年　　生于河北省邯郸市。

1989 年　　中央美术学院版画系毕业。

主要展览：

1993 年　　"东方之路——威尼斯双年展"，意大利。

1994 年　　"世界道德"，瑞士巴塞尔艺术厅；

"第四届亚洲艺术展"，日本福冈美术馆；

"圣保罗双年展"，巴西圣保罗。

1995 年　　"方力钧作品展"，法国巴黎 BELLEFROIR 画廊；

"方力钧作品展"，

荷兰阿姆斯特丹 SERIEUSE ZAKEN 画廊；

"光州双年展"，韩国。

1996 年　　"方力钧作品展"，日本东京。

1998 年　　"方力钧作品展"，荷兰阿姆斯特丹

Stedelijk 博物馆、SERIEUSE ZAKEN 画廊；

"方力钧作品展"，美国纽约 MAX PROTETCH 画廊。

1999 年　　"开放的边界——第 48 届威尼斯双年展"，意大利；

"第五届亚洲美术展"，日本福冈美术馆。

2000 年　　"方力钧作品展"，新加坡斯民艺苑；

"20 世纪艺术中的脸"，

日本东京国立西方艺术博物馆。

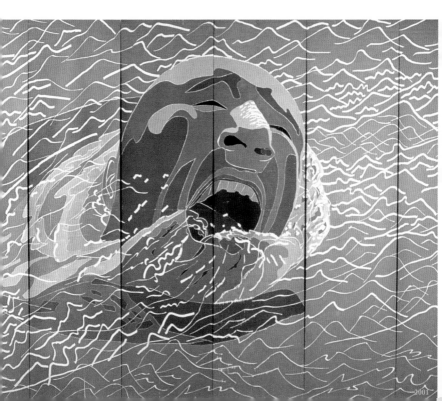

毛 焰

1968 年　　生于湖南湘潭。
1991 年　　毕业于中央美术学院油画系。
现居南京。任教于南京艺术学院美术系。

主要展览：
1993 年　　"第二届中国油画年展"，北京。
1994 年　　"中国批评家年度提名展"，北京。
1996 年　　"首届当代艺术学术邀请展"，北京；
　　　　　　"'96 上海美术双年展"，上海。
1997 年　　"中国油画肖像艺术百年展"，北京；
　　　　　　"毛焰个人作品展"，南京品阁艺术会馆。
1998 年　　"在西方相遇的东方"，美国旧金山 Limn 画廊。
1999 年　　"世纪之门：1979—1999 中国艺术邀请展"，成都；
　　　　　　"中国油画 50 年"，北京国际展览中心；
　　　　　　"毛焰个人作品展"，香港汉雅轩画廊。
2000 年　　"毛焰—刘野作品联展"，英国伦敦；
　　　　　　"20 世纪中国油画展"，北京中国美术馆。

作品名称
吴 仙
《2001年的肖像——THOMAS·NO·5》
61cm×50cm   2001年创作
布面油画
注、原作与此作相比，行为
降了肖像照片的1例含意

尹秀珍

1963年　生于北京。
1989年　毕业于首都师范大学美术系，获学士学位。
　　　　北京美术家协会会员。
现在北京生活和工作。

主要展览：
1996年　"废都——尹秀珍装置艺术展"，
　　　　北京首都师范大学美术馆。
1997年　"晾衣服——尹秀珍户外艺术"，
　　　　北京华严里双连亭；
　　　　"餐桌——尹秀珍装置艺术展"，
　　　　德国柏林柏林艺术废墟；
　　　　"运动中的城市"。
1998年　"在内之外：中国当代艺术展"，
　　　　美国P.S.1当代艺术中心。
1999年　"第三届亚太三年展"，
　　　　澳大利亚布里斯班美术馆。
2000年　"建筑材料——尹秀珍装置艺术展"，
　　　　澳大利亚墨尔本。
2001年　"尹秀珍艺术展"（装置、多媒介），
　　　　德国柏林亚洲艺术画廊。

活水 尹秀珍 Living Water Yin Xiuzhen

田黎明

1955年　　生于北京。安徽合肥人。
1991年　　毕业于中央美术学院中国画系，
　　　　　获文学硕士学位。

主要展览：
1988年　　"'88国际水墨画展"，北京。
1992年　　"20世纪中国美术作品展"，北京；
　　　　　"深圳国际水墨画展"，深圳。
1993年　　"'93批评家提名展"，北京。
1994年　　"国际艺苑中国画人物展"，北京。

申 玲

主 要 展 览：

1991年　　"新 生 代 艺 术 展"，北 京 历 史 博 物 馆。

1992年　　"20世 纪 中 国 作 品 展"，北 京 中 国 美 术 馆。

1994年　　"第 二 届 中 国 油 画 展"，北 京 中 国 美 术 馆。

1995年　　"第 三 届 中 国 油 画 年 展"，北 京 中 国 美 术 馆。

1996年　　"首 届 中 国 油 画 学 会 展"，北 京 中 国 美 术 馆。

1997年　　"'有 鱼 · 有 爱'艺 术 展"，香 港；

　　　　　　"威 尼 斯 双 年 展"，意 大 利。

1998年　　"中 国 绘 画 的 50年"，日 本 东 京。

1999年　　"'99中 国 当 代 艺 术 展"，美 国 旧 金 山；

　　　　　　"中 国 百 人 油 画 作 品 展"，北 京 中 国 美 术 馆。

2000年　　"世 纪 之 门：1979—1999中 国 艺 术 邀 请 展"，成 都；

　　　　　　"本 色 · 女 画 家 的 世 界"，北 京。

2001年　　"情 人"（个 展），美 国 纽 约。

爱人·情人

刘小东

1963年　出生于辽宁金城镇。
1984年　毕业于中央美术学院附中。
1988年　毕业于中央美术学院油画系。
1988年—1994年　在中央美术学院附中任教。
1994年—1995年　在中央美院油画系读硕士研究生。
1995年至今　在中央美术学院油画系任教。

主要展览：
1989年　"中国现代艺术大展"。
1990年　"刘小东画展"，北京。
1992年　"艺术—今天—中国"，
　　　　美国加利福尼亚艺术学院；
　　　　"后'89中国前卫艺术展"。
1993年　"红星照耀中国艺术展"，美国纽约。
1994年　"刘小东、喻红近作展"，美国纽约。
1997年　"第47届威尼斯双年展"，意大利。
1999年　"1999中国艺术展"，美国旧金山。
2000年　"世纪中国油画展"，北京；
　　　　"刘小东1999—2000回顾展"，北京、旧金山。

刘 野

1964年　　生 于 北 京 。
1986年　　考 入 中 央 美 术 学 院 壁 画 系 。
1990年　　考 入 柏 林 艺 术 学 院 造 型 艺 术 系 ，
　　　　　师 从 Volker Stelzmann。
1994年　　毕 业 于 柏 林 艺 术 学 院 ， 获 硕 士 学 位 。

主 要 展 览 ：
1991年　　参 加 " 自 由 柏 林 艺 术 展 " 。
1993年　　" 刘 野 个 展 " ， 德 国 柏 林 Taube画 廊 。
1995年　　" 刘 野 个 展 " ， 德 国 柏 林 Taube画 廊 ；
　　　　　" 世 说 新 语 三 人 展 " ， 北 京 国 际 艺 苑 美 术 馆 。
2000年　　" 毛 焰 — 刘 野 作 品 联 展 " ， 英 国 伦 敦 当 代 中 国 画 廊 。
2001年　　" 刘 野 个 展 " ， 英 国 伦 敦 当 代 中 国 画 廊 。

吕胜中

1952年　　山东省平度县大鱼脊山村出生。
1978年　　山东师范大学艺术系美术专业毕业。
1987年　　中央美术学院研究生毕业，获文学硕士学位。
现为中央美术学院教授。

主要展览：
1988年　　"吕胜中剪纸艺术展"，北京中国美术馆。
1991年　　"剪纸招魂展"，北京当代美术馆。
1992年　　"红色列车"，德国埃姆登、柏林、汉堡、威斯巴登。
1993年　　"互相认识——卡塞尔国际美术展"，
　　　　　德国卡塞尔 K18 仓库。
1994年　　"急救中心"，俄罗斯圣彼得堡；
　　　　　"灵魂商场"，德国慕尼黑；
　　　　　"灵魂之碑"，澳大利亚阿德雷得；
　　　　　"第四届亚洲美术展"，日本福冈市美术馆。
1995年　　"国际艺术双年展"，韩国光州。
1996年　　"招魂——吕胜中个展"，日本福冈市美术馆。
2000年　　"心情备忘录"，北京东便门角楼；
　　　　　"初次见面"，美国纽约前波画廊；
　　　　　"再见女巫"，陕西旬邑县赤道乡富村；
　　　　　"世纪之门：1979—1999中国艺术邀请展"，
　　　　　成都现代艺术馆；
　　　　　"北京——达豪"，德国达豪。

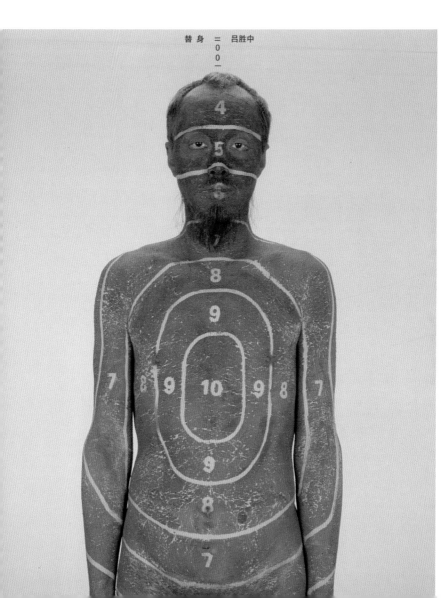

孙 伟

1962年　　出生于北京。
1981年　　毕业于北京市工艺美术学院。
1989年　　毕业于中央美术学院雕塑系，获学士学位。
1995年　　结业于中央美术学院在职研究生班。

主要展览：
1992年　　"中国当代青年雕塑家邀请展"，杭州。
1993年　　"'93威海国际雕刻大赛"，获金奖，威海。
1996年　　"怀柔山林雕塑公园野外作品展"，北京；
　　　　　"第四届艺术文献展 —— 雕塑与当代文化"，成都。
1998年　　"小角色 —— 孙伟雕塑展"，北京；
　　　　　"十月北京青年雕塑家联展"，北京。
2000年　　"孙伟雕塑展 2000"，北京；
　　　　　"中国当代雕塑邀请展"，青岛；
　　　　　"中国现代雕塑作品邀请展"，上海。

林一林

1964 年　　生于广州。
1987 年　　毕业于广州美术学院雕塑系。
1991 年　　组建"大尾象工程组"。
现生活工作在广州。

主要展览：
1993 年　　"中国前卫艺术展"，德国柏林世界文化宫。
1997 年　　"另一次长征"，荷兰布雷达；
　　　　　　"交易的航线，历史学和地理学"；
　　　　　　"第二届约翰内斯堡双年展"，南非；
　　　　　　"运动中的城市"，奥地利维也纳。
1998 年　　"大尾象"，瑞士伯尔尼艺术宫；
　　　　　　"开放的本体"，美国纽约。
1999 年　　"插件"，英国伦敦沙龙 3。
2000 年　　"基本需求——2000 世界博览会"，德国汉诺威；
　　　　　　"干涉——国际电子艺术双年展"，法国贝耳福。
2001 年　　"虚拟未来"，广州广东美术馆；
　　　　　　"城里俚语"，深圳何香凝美术馆。

岂梦光

1963年　　生于内蒙古。
1986年　　毕业于内蒙古师大美术系油画专业。
1991年　　结业于中央美术学院版画系石版画工作室。

主要展览：
1991年　　"法国国际小版画展"，CHAMALIERES；
　　　　　　"岂梦光、徐晓燕画展"，广州。
1993年　　"中国油画双年展"，北京。
1994年　　"中日版画交流展"，石家庄、日本信州。
1995年　　"国际艺术博览会"，香港。
1996年　　"岂梦光作品展"。
1997年　　"中国当代艺术大展"，上海；
　　　　　　"走向新世纪——中国青年油画展"，北京。
1999年　　"中国当代油画名家百人小幅画展"，北京。

张大力

1963年　生于黑龙江省哈尔滨市。
1987年　毕业于中央工艺美术学院。

主要展览：
1989年　中央美术学院画廊，北京。
1990年　La Rupe画廊，意大利波伦尼亚。
1991年　Rocca Municipale，意大利蒙特里诺。
1992年　Tribunali画廊，意大利波伦尼亚。
1993年　Studio5画廊，意大利波伦尼亚。
1994年　Pete Dunsch画廊，德国艾森；
　　　　Studio5画廊，意大利波伦尼亚。
1998年　"第11届塔林三年展"，爱沙尼亚塔林。
1999年　"世界是你们的"(行为)，北京；
　　　　"北京在伦敦"，英国伦敦；
　　　　"透明不透明"，意大利奥斯塔。
2000年　"对话——上海"(行为)，上海；
　　　　"AK-47"，北京四合苑画廊；
　　　　"不合作方式"，上海东廊。
2001年　"HOT POT"，挪威奥斯陆；
　　　　"大阪三年展"，日本大阪。

张永和

1977年　　考入原南京工学院(现东南大学）建筑系；
1981年　　获美国保尔州立大学环境设计理学学士学位，
　　　　　获伯克利加利福尼亚大学建筑系建筑硕士学位。
1985年　　在美国保尔州立大学、密执安大学、
　　　　　伯克利加利福尼亚大学和莱斯大学教书。
1989年　　成为美国注册建筑师。
1993年　　与鲁力佳成立非常建筑工作室。
非常建筑工作室（建学）主持建筑师，
北京大学建筑学研究中心主任、教授。

主要展览：
1997年　　"韩国光州双年展"。
1997年 — 1998年　　"运动中的城市"，
　　　　　奥地利维也纳、美国纽约、丹麦路易斯安那现代美
　　　　　术馆、英国伦敦等。
1999年　　"路边剧场"(个展)，美国纽约 Apex Art 艺术画廊；
　　　　　"可大可小 —— 亚洲建筑三人展"，
　　　　　英国伦敦 AA建筑学院。
2000年　　"第七届威尼斯建筑双年展"，意大利威尼斯；
　　　　　"上海双年展"，上海。

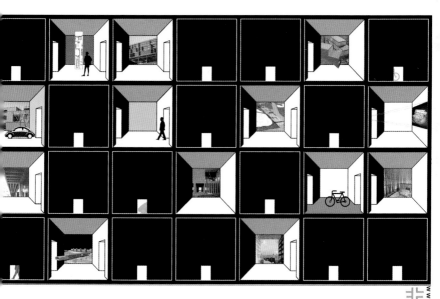

张恩利

1965 年　　生于吉林省。
1989 年　　毕业于无锡轻工业大学艺术学院。
1989 年至今　任教于华东大学艺术设计学院。

主要展览：
1992 年　　"'92 上海油画展"，上海美术家画廊。
1993 年　　"上海现代艺术作品展"，
　　　　　　日本横滨美术馆。
1995 年　　"变化——中国现代艺术展"，
　　　　　　瑞典哥德堡艺术博物馆。
1996 年　　"PLATFPRM1"，荷兰阿姆斯特丹 CANVAS WORLD ART。
1997 年　　"四人作品"，荷兰阿姆斯特丹 CANVAS WORLD ART。
1999 年　　"'99 南京——当代油画学术交流展"，
　　　　　　南京师范大学美术学院展厅。
2000 年　　"舞蹈——张恩利"（个展），
　　　　　　上海香格纳画廊。
2001 年　　"中国艺术文献仓库开幕展"，北京。

李 山

1942年　生于黑龙江兰西。
1963年　就读于黑龙江大学。
1964年　就读于上海戏剧学院。
1968年　上海戏剧学院毕业后留校任教。

主要展览：
1986年　策划"上海第一届凹凸展"；
　　　　"八三阶段·绘画实验展览"。
1988年　策划"上海第二届凹凸展——最后晚餐"。
1989年　"中国现代艺术"，北京。
1992年　"中国现代艺术"，卡塞尔。
1993年　"第45届威尼斯双年展"，意大利威尼斯；
　　　　"后'89中国新艺术"，香港、澳大利亚悉尼。
1994年　"第22届圣保罗双年展"，圣保罗。
1995年　"中国前卫艺术展"，意大利巴塞罗那。
1998年　"蜕变突破——华人新艺术"，美国纽约。

内外广登字第0026376089132号

翡翠鱼

一 种 营 养 丰 富 的 水 产 品

一条250克的翡翠鱼含蛋白质69克、脂肪0.6
克、维生素A13克、维生素B7.1克、维生素
D1.2克、钙2.9克、铁0.08克、锌0.02克、
蝴蝶素33克,蝴蝶素能提高人的免疫能力、抵
抗衰老、增强肌肤弹性,若每天食用130克翡
翠鱼,则能激发你旺盛的青春活力。

地址:上海市闵行莲花路9号　　欣园水养殖场　　销售热线:021-64632913　　联系人:李山

李路明

1956年　　生于湖南邵阳。
1985年　　毕业于中国艺术研究院研究生部，
　　　　　获硕士学位。

主要展览：
1991年　　"我在1992与塞尚玩牌——中国80年代前卫艺术展"，
　　　　　美国加州亚太艺术博物馆。
1993年　　"中国当代艺术文献巡回展"，
　　　　　沈阳、上海、广州等。
1992年　　"首届90年代艺术双年展"，广州国际展览中心。
1998年　　"形象的关系"，西班牙巴塞罗那米罗艺术中心。
2001年　　"意大利亚太艺术双年展"，意大利热那亚。

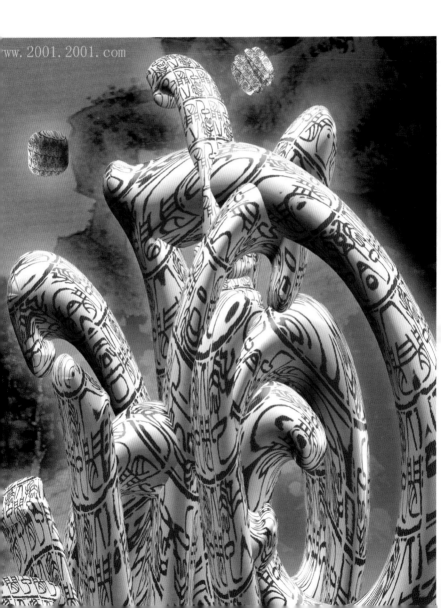

ww. 2001. 2001.com

苏新平

1960年　　生于内蒙古集宁市。
1983年　　毕业于天津美术学院绘画系。
　　　　　内蒙古师范大学美术系任教。
1989年　　毕业于中央美术学院版画系，获硕士学位。
现为中央美术学院副教授，中国美术家协会会员。

主要展览：
1991年　　"大阪国际版画三年展"，日本大阪。
1993年　　澳大利亚悉尼 FIRE STATION 画廊。
1995年　　美国亚特兰大市 OIANG 画廊；
　　　　　"中国前卫艺术"，瑞典哥德堡博物馆。
1997年　　法国夏玛利尔现代艺术博物馆。
1998年　　"苏新平新作品展"，北京红门画廊；
　　　　　"中国新艺术展"，美国纽约；
　　　　　"四方工作室版画展"，深圳美术馆。
1999年　　"苏新平作品展"，
　　　　　美国明尼阿波利斯 Flanders Contemporary Art；
　　　　　"中国新艺术展"，美国旧金山现代艺术博物馆、
　　　　　美国旧金山亚洲艺术博物馆。

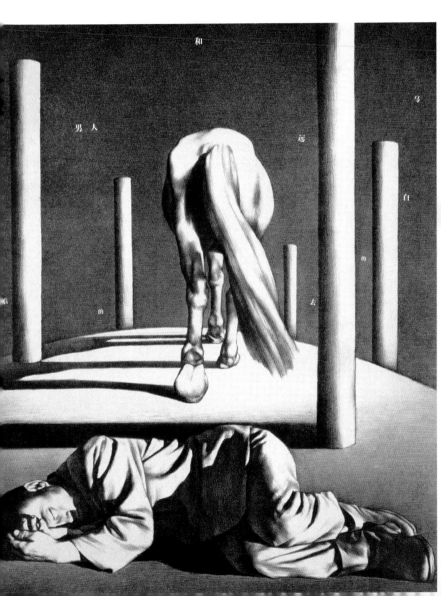

杨少斌

1963 年　　生于河北省唐山市。
1983 年　　毕业于河北轻工业学校美术系。
1991 年　　迁入北京圆明圆画家村。
1995 年　　迁入北京通县小堡村。

主要展览:
1996 年　　"中国!",德国柏林 HANSDERKUL TARENDERWELT.
1997 年　　"中国!",德国波恩现代艺术博物馆。
1998 年　　"当代中国 7 人展",
　　　　　　德国柏林 NIKOLAUS SONE FINE ARTS.
1999 年　　"第 48 届威尼斯国际艺术双年展",意大利。
2000 年　　获 "CCAA中国当代艺术奖";
　　　　　　"皮肤与空间",意大利米兰当代艺术中心;
　　　　　　"汉诺威 2000 年世界博览会",德国;
　　　　　　"身体破坏和脸",德国柏林亚洲艺术工厂。

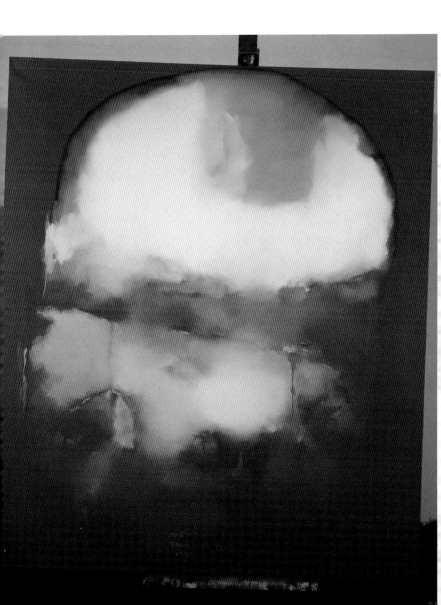

杨茂源

1966 年　　生于大连。
1989 年　　毕业于中央美术学院。
1990 年　　大连大学师范学院艺术系。
1994 年　　纪录片《寻找楼兰王国》，北京电视台。

主 要 展 览：
1989 年　　"现代艺术展"，北京中国美术馆。
1993 年　　"中国油画双年展"，北京中国美术馆。
1997 年　　"新影像——观念摄影艺术展"，
　　　　　　北京视觉艺术中心。
1998 年　　"上河美术馆收藏展"，深圳何香凝美术馆。
1999 年　　"开启通道"，沈阳东宇美术馆；
　　　　　　"中国当代艺术四人展"，丹麦哥本哈根；
　　　　　　"杨茂源作品展"，广源大厦。
2000 年　　"疼——王音、萧昱、杨茂源作品展"，
　　　　　　北京艺术家仓库；
　　　　　　"不合作方式"，上海东廊艺术。
2001 年　　"中国当代艺术展"，帕多瓦 VILLA BREDA 博物馆；
　　　　　　"新起点"，北京艺术家仓库。

膨胀－马
杨茂源作品
2001年
易百制作

膨胀是现状 Expansion is the present situation

陈文骥

1954 年　　生于上海。
1978 年　　毕业于中央美术学院版画系。
现为中央美术学院壁画系副教授。

主要展览：
1987 年　　"首届中国油画展"。
1989 年　　"中国现代艺术展"；
　　　　　　"第七届全国美术展览"。
1991 年　　"中国油画年展"。
1993 年　　"具像油画展"；
　　　　　　"'93 中国油画年展"。
1995 年　　"当代中国油画展"。
1996 年　　"重复　开始——'96 油画展"。
1999 年　　"陈文骥油画展"。
2000 年　　"世纪之门：1979—1999 中国艺术邀请展"；
　　　　　　"20 世纪中国油画展"。

革命制造 MADE BY REVOLUTION 2001

武 艺

1966年　生于吉林省长春市。
中央美术学院本科及硕士研究生毕业。
现任中央美术学院壁画系讲师。

主要展览：
1993年　"武艺作品展"，北京。
1994年　"张力的实验——表现性水墨展"，北京。
1996年　"水墨延伸——人物画邀请展"，北京。
1997年　"当代中国素描艺术展"，北京。
1998年　"开放水墨——六人现代艺术展"，北京；
　　　　"武艺画展"，深圳；
　　　　"世纪之星——中国艺术双年展"，加拿大。
1999年　"世纪末艺术之旅第三回展"，北京；
　　　　"都市水墨展"，广州。
2000年　"首都师范大学现代美术研究所学术邀请展"；
　　　　"新中国画大展"，上海。

岳敏君

1962年　　生于黑龙江。
1985年　　就读于河北师范大学美术系。

主要展览：
1994年　　"国际新兴艺术博览会"，香港。
1995年　　"岳敏君与杨少斌近作展"，
　　　　　香港 Schoeni 画廊；
　　　　　"中国油画展——从现实主义到后现代主义"，
　　　　　比利时布鲁塞尔特奥莱梅画廊。
1996年　　"中国！"，德国波恩当代艺术博物馆。
1997年　　"国际当代艺术博览会"，美国芝加哥。
1998年　　"4696/1998"，美国纽约勒曼·莫班画廊；
　　　　　"中国艺术"，荷兰阿姆斯特丹。
1999年　　"开放的边界——第48届威尼斯双年展"，意大利。
2000年　　"当代中国肖像"，法国密特朗文化中心；
　　　　　"我们的朋友"，德国魏玛包豪斯美术馆。

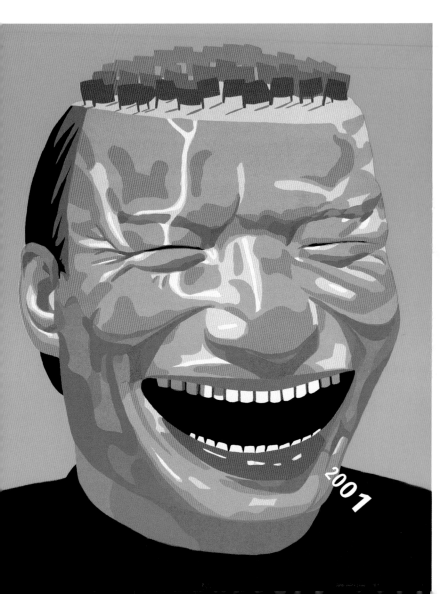

周春芽

1955年　　生于四川重庆。
1982年　　毕业于四川美术学院绘画系。
1988年　　毕业于德国卡塞尔综合大学自由艺术系。
现居成都。任中国油画学会理事、四川省美协副主席、
成都市美术家协会副主席、成都画院副院长。

主要展览：
1992年　　"首届90年代艺术双年展"，广州。
1994年　　"后'89中国新艺术国际巡回展"。
1996年　　"首届当代艺术学术邀请展"，
　　　　　　北京中国美术馆；
　　　　　　"'96上海美术双年展"，上海美术馆。
1997年　　"中国油画肖像艺术百年展"，
　　　　　　北京中国美术馆；
　　　　　　"周春芽作品展"，台北北庄画廊。
1998年　　"在西方相会的东方"，美国旧金山 Limn 画廊。
1999年　　"1999中国艺术"，美国旧金山 Limn 画廊。
2000年　　"20世纪中国油画展"，
　　　　　　北京中国美术馆、上海美术馆。
2001年　　"周春芽个人作品展"，挪威国际艺术中心；
　　　　　　"周春芽作品展"，意大利当代艺术博物馆。

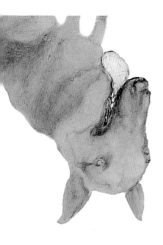

2001 周春芽 Zhou Chunya

周至禹

1957 年　　生 于 山 西 。
1988 年　　中 央 美 院 版 画 系 硕 士 毕 业 。
1996 年　　作 为 访 问 学 者 赴 澳 大 利 亚 讲 学 。
1999 年　　赴 欧 考 察 。
现 为 中 央 美 术 学 院 设 计 系 基 础 教 研 室 主 任 、 副 教 授 。

主 要 展 览 :
包 括 中 国 美 术 馆 、 英 国 大 英 博 物 馆 、
日 本 神 奈 川 美 术 馆 、 美 国 波 特 兰 博 物 馆 、
德 国 路 德 维 希 博 物 馆 、 澳 大 利 亚 维 多 利 亚 美 术 学 院 等 。

著 作 :
《 现 代 素 描 赏 析 》 (合 著) 、
《 造 型 与 形 式 构 成 》 (合 著) 、
《 招 贴 设 计 》 、 《 草 图 与 艺 术 设 计 》 (合 著) 、
《 过 渡 —— 从 自 然 形 态 到 抽 象 形 态 》 。

盐

我的存在，对我是一个永久的神奇，这就是生活

周铁海

1966年　　生于上海。
1987年　　就读于上海大学美术学院。
1998年　　荣获瑞士"中国当代艺术协会"颁发的
　　　　　"中国当代艺术奖金"。
现生活工作在上海。

主要展览：
1998年　　"看出去／看进来"，加拿大。
1999年　　"不要怕犯错误"，上海香格纳画廊；
　　　　　"周铁海"，荷兰鹿特丹美术馆；
　　　　　"边界线的那边"，瑞士伯尔尼；
　　　　　"墨西哥国际摄影双年展"，墨西哥；
　　　　　"第14届亚洲国际艺术展"，日本福冈；
　　　　　"第三届葡萄牙玛亚双年展"，葡萄牙；
　　　　　"移动中的城市"，芬兰、英国、丹麦、美国、
　　　　　法国、奥地利；
　　　　　"第48届威尼斯双年展"，意大利。
2000年　　"离开孤岛——釜山国际当代艺术节"，韩国；
　　　　　"我们的中国朋友"，德国包豪斯美术学院。
2001年　　"安慰药——瑞士第31届巴塞尔艺术博览会"。

ZHOU TIE HAI

洪　浩

1965 年　　生 于 北 京 。
1985 年　　毕 业 于 中 央 美 术 学 院 附 中 。
1989 年　　毕 业 于 中 央 美 术 学 院 版 画 系 。
现 为 职 业 艺 术 家 。

主 要 展 览 ：
1988 年　　"第 19 届 法 国 阿 尔 勒 国 际 摄 影 节 "，法 国 阿 尔 勒 。
1993 年　　"后 ' 89 中 国 新 艺 术 展 "。
1997 年　　"不 易 流 行 —— 中 国 现 代 艺 术 与 环 境 之 视 线 "，
　　　　　　日 本 东 京 、 大 阪 、 福 冈 。
1998 年　　"双 重 媚 俗 ：来 自 中 国 大 陆 的 新 艺 术 "，美 国 纽 约 。
1999 年　　"Issy 国 际 艺 术 双 年 展 "，法 国 Issy；
　　　　　　" 藏 经 —— 洪 浩 作 品 展 "，荷 兰 阿 姆 斯 特 丹 。
2000 年　　" 世 说 新 语 及 其 他 "，加 拿 大 温 哥 华 精 艺 轩；
　　　　　　" 大 都 灵 2000 —— 新 星 双 年 展 "，意 大 利 都 灵；
　　　　　　" 中 国 前 卫 艺 术 家 资 料 展 "，日 本 福 冈 美 术 馆；
　　　　　　" 海 上 ， 上 海 —— 上 海 美 术 双 年 展 "。

施 勇

1963 年　　出 生 。
现 居 上 海 。

主 要 展 览 ：
1995 年　　"非 此 处 ， 非 彼 处 —— 施 勇 、 钱 喂 康 艺 术 访 问 展 "，
　　　　　　美 国 温 哥 华 。
1997 年　　"' 97 中 国 当 代 录 像 艺 术 交 流 展 "， 北 京 。
1998 年　　"江 南 —— 现 代 与 当 代 中 国 艺 术 展 "，
　　　　　　美 国 温 哥 华 。
1999 年　　"第 二 届 亚 太 当 代 艺 术 三 年 展 "，
　　　　　　昆 士 兰 美 术 馆 。
2000 年　　"离 开 孤 岛 —— 釜 山 国 际 当 代 艺 术 节 "， 韩 国 ；
　　　　　　"看 外 面 ， 看 里 面 —— 上 海 当 代 艺 术 展 "。
2001 年　　"亚 洲 的 舞 会 世 界 的 游 戏 —— 西 班 牙 马 德 里
　　　　　　当 代 艺 术 博 览 会 "。

姜　杰

1991年　　毕业于中央美术学院雕塑系。
现就职于本院雕塑创作室。

主要展览：
1992年　　"20世纪·中国"，北京中国美术馆；
　　　　　"中国女艺术家邀请展"，北京中国美术馆；
　　　　　"第六届小型雕塑展"，德国斯图加特。
1997年　　"在自我与社会之间：90年代中国女艺术家作品展"，
　　　　　美国芝加哥阿特米西亚画廊。
1998年　　"世纪·女性 艺术展"，北京中国美术馆；
　　　　　"半边天——中国女艺术家作品展"，德国波恩；
　　　　　个人作品展，日本东京 BASE 画廊。
1999年　　"第14届亚洲国际艺术展"，日本福冈。
2001年　　"北京——达豪·中德艺术家交流展"，德国。

為了看見我自己

平行男女

In   to See Myself

赵半狄

1966年　生于北京。
1988年　毕业于中央美术学院油画系。
现生活工作于北京。

主要展览：
1993年　"中国上空的红星"，美国纽约肯画廊。
1993年 — 1994年　"中国前卫艺术展巡回展"。
1995年　"装置 2"，德国 Erfurt。
1996年　"中德交换 30× 30× 30cm 的土地"，
　　　　北京、德国 Munich。
1997年　"中英交换 25× 25× 25cm 的土地"，
　　　　北京、英国伦敦。
1999年　"第 48 届威尼斯双年展"，意大利威尼斯；
　　　　"悉尼双年展"，澳大利亚悉尼。
2000年　"上海双年展"，上海美术馆；
　　　　"赵半狄和他的熊猫"（公益广告），
　　　　上海浦东机场；
　　　　"赵半狄和他的熊猫"（公益广告），
　　　　意大利米兰广场。
2001年　"赵半狄个展"，澳门。

赵永康

1984年　　毕业于中央美术学院版画系。
现为首都大学美术系副教授、中国美术家协会会员、
中国油画家学会会员、中国版画家协会会员。
1982年以来创作大量的油画、版画、水彩画、连环画。
作品多次参加全国展览，并赴日本、美国展出；
作品曾获第六届全国美展铜牌奖、
第七届全国美展优秀作品奖；
多件作品被中国美术馆、中央美院陈列馆、
国外艺术机构及私人收藏。

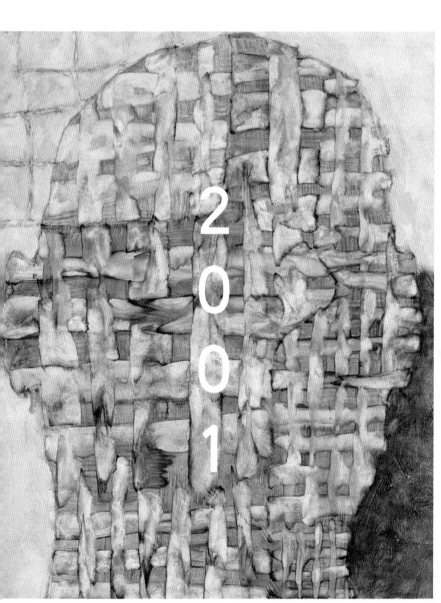

展 望

1962 年　　生于北京。
1978 年　　就读于北京市工艺美术学校。
1983 年　　就读于中央美术学院雕塑系。
1995 年　　就读于中央美院雕塑系研究生课程班。

主要展览：
1997 年　　"移动的城市"，奥地利、法国、纽约、
　　　　　　丹麦、伦敦、芬兰；
　　　　　　"第一届中国当代雕塑艺术年度展"，深圳；
　　　　　　"瞬间——中国 20 世纪末实验艺术展"，
　　　　　　美国芝加哥 SMART 艺术馆；
　　　　　　"中国当代艺术展"，美国旧金山 Limn 画廊；
　　　　　　"中国当代艺术展"，
　　　　　　上海、台北、澳大利亚墨尔本。
2000 年　　"世纪之门：1979— 1999 中国艺术邀请展"，成都；
　　　　　　"OPEN2000——国际雕塑装置展"，意大利威尼斯；
　　　　　　"上海双年展"，上海美术馆。
2001 年　　"拱之大展"，西班牙巴塞罗那；
　　　　　　"火锅——当代中国艺术展"，挪威奥斯陆；
　　　　　　"新起点"，北京艺术加油站。

公海浮石
2000年5月2日，在山东胶南灵山岛12海里以远海域，艺术家展望将一块不锈钢浮石放入公海中，随波漂流，石上刻有有五国文字写的说明，他希望拾到这块浮石的人能把它放回海里，不愿意中断浮石的漂流，因为这块浮石的归宿属于公海。

Floating Rock On the Open Sea
On May 2nd 2000,artist Zhan Wang put a piece of stainless steel rock onto the open sea 12 nautical miles away from Lingshan Island in Jiaonan City, Shandong Province.
The rock carved with explaining words written in five languages will drift with wave.
Anyone who picks up the stone is expected to put it back into the sea and let it keep drifting for the sea is its home.

夏小万

1959年　生于北京。
1982年　毕业于中央美术学院油画系第三工作室，
　　　　获文学学士学位。
1983年　曾任机械工业出版社美编。
现任北京中央戏剧学院舞台美术系副教授，
北京美术家协会会员。

主要展览：
1985年　"十一月画展"，北京故宫。
1987年　"走向未来画展"，北京中国美术馆。
1988年　"中国现代艺术展"，北京中国美术馆。
1992年　"后'89中国新艺术展"。
1998年　"匈牙利 MEDIAWAVE 光影艺术节邀请展"；
　　　　"仰望的世界"（个展），香港 Schoeni 画廊。
2000年　"20世纪中国油画展"。

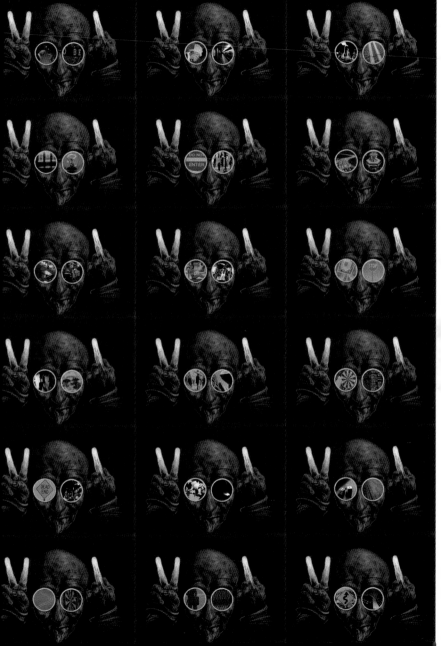

蒲 捷

毕业于上海师大，获学士学位。
毕业于上海艺术大学美术学院，获硕士学位。

主要展览：
1989年 "现代六人联展"，北京中国美术馆。
1991年 "中国西部当代艺术展览"，瑞士；
        "国际当代艺术展"，德国国家美术馆。
1997年 "第四届国际当代艺术双年展"，法国里昂。
1998年 "日本、中国、韩国现代艺术展"，日本。
1999年 "国际艺术博览会"，德国汉堡；
        "玛亚双年展"，葡萄牙玛亚市艺术中心；
        "来自18个国家的200位艺术家"，日本；
        "此时此地"（个展），上海香格纳画廊。
2000年 "上海国际艺术博览会"，
        上海世贸中心；
        "瑞典国际现代艺术年度展览"，瑞典。
2001年 "互祝"，澳大利亚佩斯花园城。

www.putie.com.cn

秦一峰

1961 年　　生于上海。
1983 年　　毕业于上海工艺美术学院。
1989 年　　毕业于上海大学美术学院。
现为上海大学美术学院教师。

主要展览：
1989 年　　"中国现代绘画展"，北京中国美术馆。
1994 年　　"秦一峰作品展"，上海大学美术学院；
　　　　　　"上海抽象画展"，上海。
1995 年　　"秦一峰近作展"，北京红门画廊。
1997 年　　"秦一峰'97 新作品"，北京红门画廊。
　　　　　　"全国青年油画作品邀请展"，
　　　　　　中国北京中国美术馆；
　　　　　　"秦一峰作品展"，英国伦敦中国当代画廊。
1999 年　　"China46——上海、台湾、墨尔本巡回展"；
　　　　　　"2000 控制与随机"，北京红门画廊。
2000 年　　"线场——秦一峰作品展"，上海东廊艺术；
　　　　　　"2000 上海——上海现代艺术"，
　　　　　　美国芝加哥文化中心。

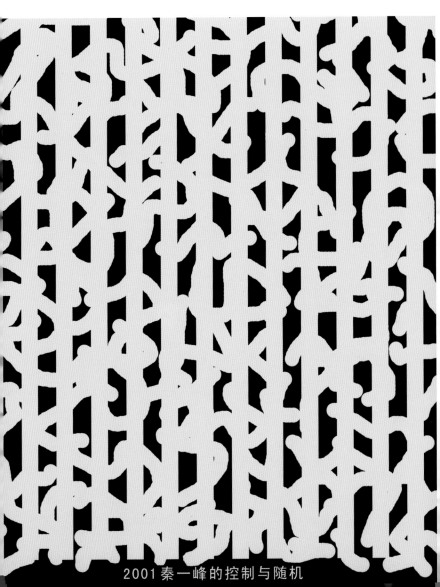

2001 秦一峰的控制与随机

徐晓燕

出生于河北省承德市。
毕业于河北师大美术系油画专业。

主要展览：

1993年	"首届中国油画双年展"，北京中国美术馆。
1997年	"走向新世纪——中国青年油画展"，
	北京中国美术馆。
1998年	"世纪·女性艺术邀请展"，北京中国美术馆。
1999年	"China46——中加当代艺术展"；
	"世纪之门：1979—1999中国艺术邀请展"。
2000年	"20世纪中国油画展"，北京中国美术馆。
2001年	"北京新世纪国际妇女艺术展"，
	北京中国美术馆。

曹 力

1954年　　生于贵州贵阳市。
　　　　　中学毕业，当过工人、演员、美工。
1980年　　选修中央美术学院壁画专业。
1982年　　毕业留校任教。
现任中央美术学院壁画系副主任，副教授。

主要展览：
1988年　　个人画展，北京中央美术学院画廊。
1989年　　个人画展，台湾龙门画廊。
1991年－1992年　赴西班牙、法国考察，
　　　　　举办第三次、第四次个人画展。
1994年　　个人画展，香港 Schoeni 画廊。
1998年　　个人画展，北京世纪艺苑美术中心。

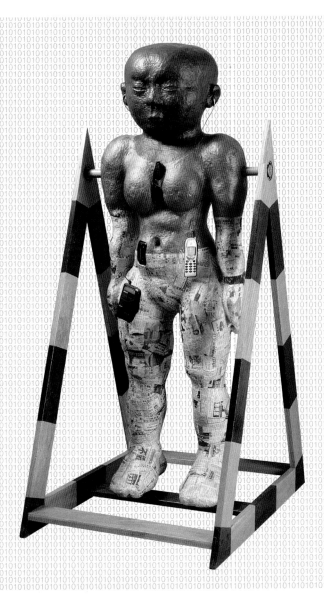

盛 奇

1988 年　　毕业于中央工艺美术学院。
1998 年　　毕业于圣·马丁艺术设计学院，获艺术硕士学位。

主要展览：
1986 年 — 1987 年　　"观念 21 行为艺术小组"，
　　　　　　　北京大学、古北口长城。
1988 年　　"大地震"，北京八达岭长城。
1989 年　　"中国现代艺术展"，北京中国美术馆。
1993 年　　"中国前卫艺术展"，英国牛津现代艺术博物馆。
1997 年　　"幸运曲奇"，英国伦敦当代艺术研究协会 ICA。
1998 年　　"中国新艺术 P.S.1"，美国纽约。
1999 年　　"国际行为艺术节"，墨西哥；
　　　　　　"国际行为艺术节"，日本名古屋、东京、长野。

隋建国

1956年　　生于山东省青岛市。
1984年　　毕业于山东艺术学院美术系，获学士学位。
1989年　　毕业于中央美术学院雕塑系，获硕士学位。
现为中央美术学院雕塑系主任、教授。

主要展览：
1994年　　"记忆空间——隋建国作品展"，北京；
　　　　　"隋建国作品展"，北京、台北汉雅轩画廊。
1995年　　"沉积与断展层——隋建国作品展"，印度新德里；
　　　　　"来自中心国家——中国前卫艺术展"，西班牙。
1996年　　"隋建国作品展"，香港汉雅轩画廊。
1999年　　"转换——20世纪末中国艺术"，美国；
　　　　　"第14届亚洲国际艺术展"，日本福冈；
　　　　　"中国前卫艺术展"，法国巴黎 LOFT 画廊。
2000年　　"共享异国情调——里昂当代艺术双年展"，法国。
2001年　　"在天堂与大地之间——今日艺术中的新古典主义运动"
　　　　　比利时奥斯腾德美术馆。

掷铁饼者
DISCOBOLUS

谭 平

1960年　出生于承德。
1984年　毕业于中央美术学院版画系。
　　　　曾任教于中央美术学院版画系。
1989年　就读于柏林大学自由绘画系，
　　　　获艺术硕士学位和 Meisterschule 学位。
1994年　任教于中央美术学院设计系。
1996年至今　中央美术学院设计系主任、教授。

主要展览：
1991年　德国柏林 Moench 画廊。
1992年　德国慕尼黑市政厅 Germering 画廊。
1993年　德国柏林 Moench 画廊。
1994年　德国柏林 Christof Weber 画廊。
1995年　"谭平作品介绍"，北京红门画廊；
　　　　"留下他们的痕迹——纸上作品展"，
　　　　澳大利亚墨尔本、北京；
　　　　"中国抽象——谭平、丁乙、秦一峰和特殊之旅展"，
　　　　德国柏林 Kunst Haus 画廊。
1998年　"四方工作室首展"，
　　　　北京国际艺术苑美术馆画廊。
1999年　"谭平新版画展"，北京红门画廊；
　　　　"四方工作室"，德国波恩阿登纳基金。
2000年　"谭平艺术展"，德国柏林艺术仓库。

二 〇 〇 一
世 纪 末 的 天 空

滕 菲

1963年　　出生于杭州。
1979年　　就读于中央美术学院附中。
1983年　　就读于中央美术学院,获学士学位。
1987年　　任教于北京服装学院。
1990年　　就读于德国柏林艺术大学,获硕士学位。
1995年至今　　任教于中央美术学院设计系,副教授。

主要展览:
1989年　　"欧亚文化艺术中心",法国巴黎、中国。
1991年　　"滕菲个展",德国慕尼黑 Germering 市政府画廊。
1992年　　"滕菲个展",德国柏林 Christof Weber 画廊。
1993年　　"第四届欧洲艺术学院双年展",荷兰马斯里西特。
1994年　　"滕菲个展",德国柏林 Moench 画廊;
　　　　　"滕菲个展",德国波茨坦 Rheinsberg 博物馆;
　　　　　"滕菲个展",德国卡尔斯鲁厄 Roesch 画廊。
1995年　　"世纪·女性 艺术展",北京。
1998年　　"半边天艺术展",德国波恩。
1999年　　"Art+Architecture艺术+建筑展",
　　　　　德国柏林、北京中央美术学院美术馆。

2001

2001

中国匣子

滕 英

1982 年　　毕业于中国美术学院油画系，留校任教。
1985 年　　参加赵无极油画讲习班。
1996 年　　中央美术学院油画系研究生毕业。
现任教于首都师范大学美术系，副教授。

主要展览：
1996 年　　"柏林——北京 艺术展"，德国柏林。
1997 年　　"法兰克福艺术中心个人展"；
　　　　　　"慕尼黑'96国际艺术展"；
　　　　　　"当代素描艺术大展"，北京中国美术馆。
1998 年　　"世界女性——艺术展"，北京中国美术馆。
1999 年　　"重新组合、并置 综合展"。
2000 年　　"现代艺术邀请展"，北京中国美术馆。
2001 年　　"北京油画邀请展"。

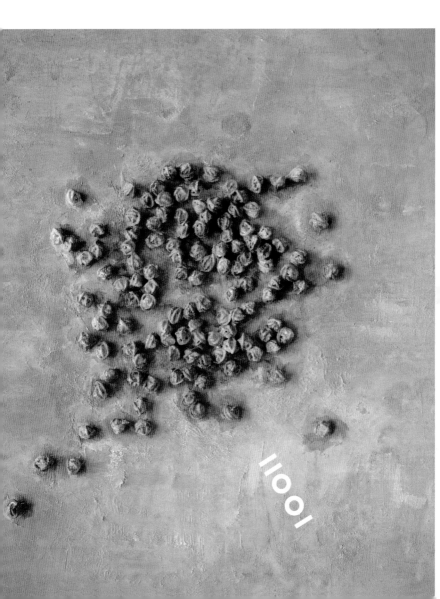

戴士和

1948年　　生于北京。
毕业于北京师范学院美术系。
中央美院油画系壁画系壁画研究生班。
在俄罗斯列宾美术学院进修。
现任中央美术学院教授、油画系主任、
中国美术家协会油画艺术委员会委员。

代表作品：
《矿工组画之一》（素描）；
《黄河·正午》（油画）；
《寒假里》（油画）；
《室内·灯下》（油画），中国美术馆收藏；
《初雪》（油画），中国美术馆收藏；
《夜》（油画），上海美术馆收藏；
《黄河》（油画），全国政协收藏；
《江南忆》（油画），中央美术学院美术馆收藏；
《高原的云》（油画），中央美术学院美术馆收藏；
《校长肖像》（油画），英国基尔大学收藏；
《运河》（油画），乌克兰奥德萨东西方艺术博物馆收藏；
《黄鹤楼的传说》（壁画），武汉黄鹤楼贵宾厅安装；
《牛战白虎》（壁画），北京龙泉宾馆安装；
《走向未来丛书》（封面设计），获全国书籍装帧一等奖。

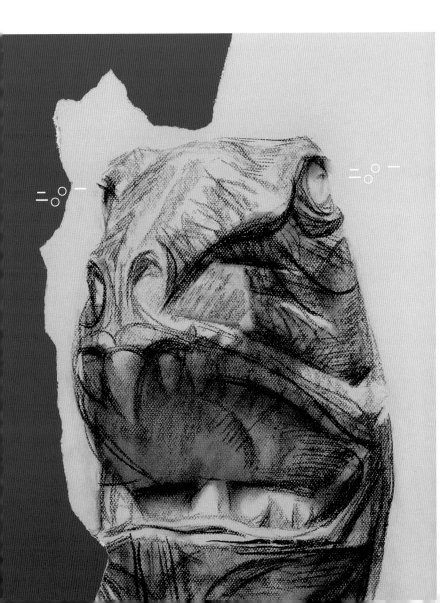

图书在版编目（CIP）数据

中国当代艺术家招贴作品集／谭平主编.
－武汉：湖北美术出版社，2001.11
（设计人丛书）
ISBN 7-5394－1184－8

Ⅰ．中...
Ⅱ．谭...
Ⅲ．宣传画－作品集－中国－现代
Ⅳ．J228.1
中国版本图书馆CIP数据核字（2001）第072610号

中国当代艺术家招贴作品集

策　　　划：谭　平　刘　明
主　　编：谭　平
责任编辑：向　冰
审　　读：柳　征
装帧设计：谭　奇
出版发行：湖北美术出版社
电　　话：(027)86787105
邮政编码：430077
http://www.hbapress.com.cn
E－mail:hbapress@public.wh.hb.cn
印　　刷：北京利丰雅高长城电分制版中心
开　　本：787mm × 1092mm
印　　张：3.5
印　　数：5000册
版　　次：2001年12月第1版
　　　　　2001年12月第1次印刷
ISBN 7-5394-1184-8/J · 1068
定　　价：25.00元